Ausgewählte Widmungen

und

Stammbuchblätter

Friedrich Schiller

Für einen Unbekannten

Ein edles Herz und die Musen verbrüdern die entlegensten Geister.

Stuttgart, d.20.Jul.1781

Dieses erlaubt mir mich Ihrer wertesten Freundschaft zu empfehlen.

Für Charlotte von Lengefeld

Ein blühend Kind, von Grazien und Scherzen

Umhüpft so, Lotte, spielt um dich die Welt,

Doch so, wie sie sich malt in deinem Herzen,

In deiner Seele schönen Spiegel fällt,

So ist sie doch nicht. Die Eroberungen,

Die jeder deiner Blicke siegreich zählt,

Die deine sanfte Seele dir erzwungen,

Die Statuen, die dein Gefühl beseelt,

Die Herzen, die dein eignes dir errungen,

Die Wunder, die du selbst getan,

Die Reize, die dein Dasein ihm gegeben,

Die rechnest du für Schätze diesem Leben,

Für Tugenden uns Erdenbürgern an.

Dem holden Zauber nie entweihter Jugend,

Der Engelgüte mächtgem Talisman,

Der Majestät der Unschuld und der Tugend,

Den will ich sehn der diesen trotzen kann.

Froh taumelst du im süßen Überzählen

Der Glücklichen, die du gemacht, der Seelen,

Die du gewonnen hast, dahin.

Sei glücklich in dem lieblichen Betruge,

Nie stürze von des Traumes stolzem Fluge

Ein trauriges Erwachen dich herab.

Den Blumen gleich, die deine Beete schmücken,

So pflanze sie nur den entfernten Blicken,

Betrachte sie! doch pflücke sie nicht ab!

Geschaffen, nur die Augen zu vergnügen,

Welk werden sie zu deinen Füßen liegen.

Je näher dir je näher ihrem Grab!

Weimar d. 3. April 1788.

Für Johannes Groß

Alles unser Wissen ist ein Darlehn der Welt und der Vorwelt. Der tätige Mensch trägt es an die Mitwelt und Nachwelt ab; der untätige stirbt mit einer unbezahlten Schuld. Jeder, der etwas Gutes wirkt, hat für die Ewigkeit gearbeitet.

Jena, den 22. Sept. 90

Für Franz Paul von Herbert [?]

Geh und predige das *neue Evangelium* allen Kreaturen. Wer da glaubt, der wird selig, wer aber nicht glaubt, der läßt es bleiben.

Jena, den 31. März 1791

Für Georg Friedrich Creuzer

Die *Natur* gab uns nur *Dasein; Leben* gibt uns die *Kunst* und *Vollendung* die *Weisheit.*

Erfurt, den 18. September 1791.

Für Friederike Brun

Keine Gottheit erschiene mehr? Sie erscheint mir in jedem,

Der in der edeln Gestalt mir das Unsterbliche zeigt.

Jena, den 9. Juli 95.

An Amalie von Imhoff

Unter der Tanzenden Reihn eine Trauernde wandelt Kassandra,

Mit dem Lorbeer Apolls kränzt sie die göttliche Stirn.

Auch die Trauer ist schön, wenn sie göttlich ist, und mit der Freude

Möge, lieblich gesellt, wandeln der heilige Ernst.

An Karl Theodor von Dalberg

mit dem »Wilhelm Tell«

Wenn rohe Kräfte feindlich sich entzweien

Und blinde Wut die Kriegesflamme schürt,

Wenn sich im Kampfe tobender Parteien

Die Stimme der Gerechtigkeit verliert,

Wenn alle Laster schamlos sich befreien,

Wenn freche Willkür an das Heilge rührt,

Den Anker löst, an dem die Staaten hängen,

Das ist kein Stoff zu freudigen Gesängen!

Doch wenn ein Volk, das fromm die Herden weidet,

Sich selbst genug, nicht fremden Guts begehrt,

Den Zwang abwirft, den es unwürdig leidet,

Doch selbst im Zorn die Menschlichkeit noch ehrt,

Im Glücke selbst, im Siege sich bescheidet,

Das ist unsterblich und des Liedes wert.

Und solch ein Bild darf ich *dir* freudig zeigen:

Du kennsts, denn alles Große ist *dein* eigen.